Wilhelm   Busch

Kritik des Herzens

Wilhelm   Busch

Kritik des Herzens

ISBN/EAN: 9783337353100

Hergestellt in Europa, USA, Kanada, Australien, Japan

Cover: Foto ©Andreas Hilbeck / pixelio.de

Weitere Bücher finden Sie auf **www.hansebooks.com**

Kritik des Herzens

von

Wilhelm Busch

Dreizehnte Auflage

München

Verlag von Fr. Bassermann

1914

Druck von Knorr & Hirth

Es wohnen die hohen Gedanken
    In einem hohen Haus.
Ich klopfte, doch immer hieß es:
    Die Herrschaft fuhr eben aus!

Nun klopf ich ganz bescheiden
    Bei kleineren Leuten an.
Ein Stückel Brod, ein Groschen
    Ernähren auch ihren Mann.

Sei ein braver Biedermann,
    Fange tüchtig an zu loben!
Und du wirst von uns sodann
    Gerne mit empor gehoben.

Wie, du ziehst ein schiefes Maul?
    Willst nicht, daß dich andre adeln?
Na, denn sei mir nur nicht faul
    Und verlege dich auf's Tadeln.

Gelt, das ist ein Hochgenuß,
    Schwebst du so mit Wohlgefallen
Als ein selger Kritikus
    Hocherhaben über Allen.

Es sitzt ein Vogel auf dem Leim,
    Er flattert sehr und kann nicht heim.
Ein schwarzer Kater schleicht herzu,

Die Krallen scharf, die Augen gluh.
Am Baum hinauf und immer höher
    Kommt er dem armen Vogel näher.
Der Vogel denkt: Weil das so ist
    Und weil mich doch der Kater frißt,
    So will ich keine Zeit verlieren,
    Will noch ein wenig quinquiliren
    Und lustig pfeifen wie zuvor.
Der Vogel, scheint mir, hat Humor.

Ich kam in diese Welt herein,
    Mich baß zu amüsiren,
Ich wollte gern was Rechtes sein
    Und mußte mich immer geniren.
Oft war ich hoffnungsvoll und froh
Und später kam es doch nicht so.

Nun lauf ich manchen Donnerstag
    Hienieden schon herummer,
Wie ich mich drehn und wenden mag,
    's ist immer der alte Kummer.
Bald klopft vor Schmerz und bald vor Lust
Das rothe Ding in meiner Brust.

Der Hausknecht in dem »Weidenbusch«
    Zu Frankfurt an dem Main,
Der war Poet, doch immer kurz,
    Denn wenig fiel ihm ein.

Ja, sprach er, Freund, wir leben jetzt
    In der Depeschenzeit,
Und Schiller, käm er heut zurück,
    Wär auch nicht mehr so breit.

Die Selbstkritik hat viel für sich.
    Gesetzt den Fall, ich tadle mich;
    So hab ich erstens den Gewinn,
    Daß ich so hübsch bescheiden bin;
    Zum zweiten denken sich die Leut,

Der Mann ist lauter Redlichkeit;
Auch schnapp ich drittens diesen Bissen
Vorweg den andern Kritiküssen;
Und viertens hoff ich außerdem
Auf Widerspruch, der mir genehm.
So kommt es denn zuletzt heraus,
Daß ich ein ganz famoses Haus.

Es kam ein Lump mir in die Quer
    Und hielt den alten Felbel her.
Obschon er noch gesund und stark,
    Warf ich ihm dennoch eine Mark
    Recht freundlich in den Hut hinein.
Der Kerl schien Philosoph zu sein.
Er sprach mit ernstem Bocksgesicht:
    Mein Herr, Sie sehn, ich danke nicht.
    Das Danken bin ich nicht gewohnt.
    Ich nehme an, Sie sind gescheidt
    Und fühlen sich genug belohnt
Durch Ihre Eitelkeit.

Die Rose sprach zum Mägdelein
    Ich muß dir ewig dankbar sein,
    Daß du mich an den Busen drückst
    Und mich mit deiner Huld beglückst.

Das Mädchen sprach: O, Röslein mein,
    Bild dir nur nicht zu viel drauf ein,
    Daß du mir Aug und Herz entzückst.
    Ich liebe dich, weil du mich schmückst.

Man wünschte sich herzlich gute Nacht;
    Die Tante war schrecklich müde;
Bald sind die Lichter ausgemacht,
    Und alles ist Ruh und Friede.

Im ganzen Haus sind nur noch zween,
    Die keine Ruhe finden,
Das ist der gute Vetter Eugen

Mit seiner Base Lucinden.

Sie wachten zusammen bis in der Früh,
    Sie herzten sich und küßten.
Des Morgens beim Frühstück thaten sie,
    Als ob sie von Nichts was wüßten.

Mein Freund, an einem Sonntag Morgen,
    Thät sich ein hübsches Röss'lein borgen.
    Mit frischem Hemd und frischem Muthe,
    In blanken Stiefeln, blankem Hute,
    Die Haltung stramm und stramm die Hose,
    Am Busen eine junge Rose,
    So reitet er durch die Alleeen,
    Wie ein Adonis anzusehen.

Die Reiter machen viel Vergnügen,
Wenn sie ihr stolzes Roß bestiegen.

Nun kommt da unter sanftem Knarren
    Ein milchbeladner Eselskarren.
    Das Röss'lein, welches sehr erschrocken,
    Fängt an zu trappeln und zu bocken,
    Und, hopp, das war ein Satz ein weiter!
    Dort rennt das Roß, hier liegt der Reiter,
    Entfernt von seinem hohen Sitze,
    Platt auf dem Bauche in der Pfütze.

Die Reiter machen viel Vergnügen,
Besonders, wenn sie drunten liegen.

Du fragtest mich früher nach mancherlei.
    Ich sagte dir Alles frank und frei.
    Du fragtest, wann ich zu reisen gedächte,
    Welch ein Geschäft ich machen möchte.
    Ich sagte dir offen: dann und dann;
    Und gab dir meine Pläne an.
Oft hat die Reise mir nicht gepaßt;
    Dann nanntest du mich 'n Quirlequast.

Oft ging's mit dem Geschäfte krumm;
Dann wußtest du längst, es wäre dumm.
Oft kamst du mir auch mit List zuvor;
Dann schien ich mir selber ein rechter Thor.
Nun hab ich, weil mich dieses gequält,
Mir einen hübschen Ausweg erwählt.
Ich rede, wenn ich reden soll,
Und lüge dir die Jacke voll.

Kennt der Kerl denn keine Gnade?
Soll er uns mit seiner Suade,
Durch sein breites Expliciren,
Schwadroniren, Disputiren,
Soll er uns denn stets geniren,
Dieser säuselnde Philister,
Beim Genuß des edlen Weins?
Pump ihn an, und plötzlich ist er
Kurz und bündig wie Glock Eins.

Mich wurmt es, wenn ich nur dran denke. —
Es saß zu München in der Schenke
Ein Protz mit dunkelrother Nase
Beim elften oder zwölften Glase.
Da schlich sich kümmerlich heran
Ein armer alter Bettelmann,
Zog vor dem Protzen seinen Hut
Und fleht: Gnä Herr, ach sein S' so gut!
Der Protz jedoch, fuchsteufelswild,
Statt was zu geben, flucht und schilt:
Gehst raus, Du alter Lump, Du schlechter!
Nix möcht' er, als grad saufen, möcht' er!

Ich habe von einem Vater gelesen;
Die Tochter ist beim Theater gewesen.
Ein Schurke hat ihm das Mädchen
verdorben,
So daß es im Wochenbette gestorben.
Das nahm der Vater sich tief zu Gemüthe.
Und als er den Schurken zu fassen kriegte,

Verzieh er ihm nobel die ganze Geschichte.
Ich weine ob solcher Güte.

Laß doch das ew'ge Fragen,
  Verehrter alter Freund!
Ich will von selbst schon sagen,
  Was mir von Nöthen scheint.

Du sagst vielleicht dagegen:
  Man fragt doch wohl einmal.
Gewiß! Nur allerwegen
  Ist mir's nicht ganz egal.

Bei deinem Fragestellen
  Hat eines mich frappirt:
Du fragst so gern nach Fällen,
  Wobei ich mich blamirt.

Vor Jahren waren wir mal entzweit
  Und taten uns Manches zum Torte;
Wir sagten uns beide zu jener Zeit
  Viel bitterböse Worte.

Drauf haben wir uns in einander geschickt;
  Wir schlossen Frieden und haben
Die bitterbösen Worte erstickt
  Und fest und tief begraben.

Jetzt ist es wirklich recht fatal,
  Daß wieder ein Zwist nothwendig.
O weh! die Worte von dazumal
  Die werden nun wieder lebendig.

Die kommen nun erst in offnen Streit
  Und fliegen auf alle Dächer;
Nun bringen wir sie in Ewigkeit
  Nicht wieder in ihre Löcher.

Ich meine doch, so sprach er mal,
  Die Welt ist recht pläsirlich.
Das dumme Geschwätz von Schmerz und Qual
  Erscheint mir ganz ungebührlich.

Mit reinem kindlichem Gemüth
  Genieß ich, was mir beschieden,
Und durch mein ganzes Wesen zieht
  Ein himmlischer Seelenfrieden. —

Kaum hat er diesen Spruch gethan,
  Aujau! so schreit er kläglich.
Der alte hohle Backenzahn
  Wird wieder mal unerträglich.

Es saßen einstens beieinand
  Zwei Knaben, Fritz und Ferdinand.
Da sprach der Fritz: Nun gib mal Acht,
  Was ich geträumt vergangne Nacht.
  Ich stieg in einen schönen Wagen,
  Der Wagen war mit Gold beschlagen.
  Zwei Englein spannten sich davor,
  Die zogen mich zum Himmelsthor.
  Gleich kamst du auch und wolltest mit
  Und sprangest auf den Kutschentritt,
  Jedoch ein Teufel schwarz und groß
  Der nahm dich hinten bei der Hos
  Und hat dich in die Höll getragen.
  Es war sehr lustig, muß ich sagen. —
So hübsch nun dieses Traumgesicht,
  Dem Ferdinand gefiel es nicht.
  Schlapp! schlug er Fritzen an das Ohr,
  Daß er die Zippelmütz verlor.
  Der Fritz, der dies verdrießlich fand,
  Haut wiederum den Ferdinand;
  Und jetzt entsteht ein Handgemenge,
  Sehr schmerzlich und von großer Länge. —
So geht durch wesenlose Träume
Gar oft die Freundschaft aus dem Leime.

Er stellt sich vor sein Spiegelglas
Und arrangirt noch dies und das.
Er dreht hinaus des Bartes Spitzen,
Sieht zu, wie seine Ringe blitzen,
Probirt auch mal, wie sich das macht,
Wenn er so herzgewinnend lacht,
Uebt seines Auges Zauberkraft,
Legt die Cravatte musterhaft,
Wirft einen süßen Scheideblick
Auf sein geliebtes Bild zurück,
Geht dann hinaus zur Promenade
Umschwebt vom Dufte der Pomade,
Und ärgert sich als wie ein Stint,
Daß andre Leute eitel sind.

Wenn Alles sitzen bliebe,
Was wir in Haß und Liebe
So von einander schwatzen;
Wenn Lügen Haare wären,
Wir wären rauh wie Bären
Und hätten keine Glatzen.

Ein dicker Sack, — den Bauer Bolte,
Der ihn zur Mühle tragen wollte,
Um auszuruhn, mal hingestellt
Dicht an ein reifes Aehrenfeld —
Legt sich in würdevolle Falten
Und fängt 'ne Rede an zu halten.
Ich, sprach er, bin der volle Sack.
Ihr Aehren seid nur dünnes Pack.
Ich bin's, der euch auf dieser Welt
In Einigkeit zusammenhält.
Ich bin's, der hoch von Nöthen ist,
Daß euch das Federvieh nicht frißt;
Ich, dessen hohe Fassungskraft
Euch schließlich in die Mühle schafft.
Verneigt euch tief, denn ich bin Der!
Was wäret ihr, wenn ich nicht wär?
Sanft rauschen die Aehren:

Du wärst ein leerer Schlauch, wenn wir nicht
wären.

Wirklich, er war unentbehrlich!
      Ueberall, wo was geschah
Zu dem Wohle der Gemeinde,
      Er war thätig, er war da.

Schützenfest, Kasinobälle,
      Pferderennen, Preisgericht,
Liedertafel, Spritzenprobe,
      Ohne ihn da ging es nicht.

Ohne ihn war nichts zu machen,
      Keine Stunde hatt' er frei.
Gestern, als sie ihn begruben,
      War er richtig auch dabei.

Sehr tadelnswerth ist unser Thun,
      Wir sind nicht brav und bieder. —
Gesetzt den Fall, es käme nun
      Die Sündfluth noch mal wieder.

Das wär ein Zappeln und Geschreck!
      Wir tauchten alle unter;
Dann kröchen wir wieder aus dem Dreck
      Und wären, wie sonst, recht munter.

Was ist die alte Mamsell Schmöle
      Für eine liebe treue Seele!
Sie spricht zu ihrer Dienerin:
      Ach, Rieke, geh Sie da nicht hin!
      Was will Sie da im goldnen Löben
      Heut Abend auf und nieder schweben?
      Denn wedelt nicht bei Spiel und Tanz
      Der Teufel fröhlich mit dem Schwanz?
      Und überhaupt, was ist es nütz?
      Sie quält sich ab, Sie kommt in Schwitz,

Sie geht hinaus, erkältet sich
Und hustet dann ganz fürchterlich.
Drum bleibe Sie bei mir nur lieber!
Und, Rieke, geh Sie mal hinüber
Und hole Sie von Kaufmann Fräse
Ein Viertel guten Schweizerkäse,
Und sei sie aber ja ja ja
Gleich zur Minute wieder da!
So ist die gute Mamsell Schmöle
Besorgt für Riekens Heil der Seele.
Ja später noch, in stiller Nacht,
Ist sie auf diesen Zweck bedacht
Und schleicht an Riekens Kammerthür
Und schaut, ob auch die Rieke hier,
Und ob sie auch in Frieden ruht
Und daß ihr ja nicht wer was thut,
Was sich nun einmal nicht gehört,
Was gottlos und beneidenswerth.

Es wird mit Recht ein guter Braten
Gerechnet zu den guten Thaten;
Und daß man ihn gehörig mache,
Ist weibliche Charaktersache.
Ein braves Mädchen braucht dazu
Mal erstens reine Seelenruh,
Daß bei Verwendung der Gewürze
Sie sich nicht hastig überstürze.
Dann zweitens braucht sie Sinnigkeit,
Ja, so zu sagen, Innigkeit,
Damit sie alles appetitlich,
Bald so, bald so und recht gemüthlich
Begießen, drehn und wenden könne,
Daß an der Sache nichts verbrenne.
In Summa braucht sie Herzensgüte,
Ein sanftes Sorgen im Gemüthe,
Fast etwas Liebe insofern,
Für all die hübschen, edlen Herrn,
Die diesen Braten essen sollen
Und immer gern was Gutes wollen.
Ich weiß, daß hier ein Jeder spricht:
Ein böses Mädchen kann es nicht.

Drum hab ich mir auch stets gedacht
    Zuhaus und anderwärts:
Wer einen guten Braten macht,
    Hat auch ein gutes Herz.

Ihr kennt ihn doch schon manches Jahr,
    Wißt, was es für ein Vogel war;
    Wie er in allen Gartenräumen
    Herumgeflattert auf den Bäumen;
    Wie er die hübschen rothen Beeren,
    Die andern Leuten zugehören,
    Mit seinem Schnabel angepickt
    Und sich ganz lasterhaft erquickt.
Nun hat sich dieser böse Näscher,
    Gardinenschleicher, Mädchenhäscher,
    Der manchen Biedermann gequält,
    Am Ende selber noch vermählt.
    Nun legt er seine Stirn in Falten,
    Fängt eine Predigt an zu halten
    Und möchte uns von Tugend schwatzen.
Ei, so ein alter Schlingel! Kaum
    Hat er 'nen eignen Kirschenbaum,
    So schimpft er auf die Spatzen.

Ferne Berge seh ich glühen!
    Unruhvoller Wandersinn!
Morgen will ich weiter ziehen,
    Weiß der Teufel, wohin?

Ja ich will mich nur bereiten,
    Will — was hält mich nur zurück?
Nichts wie dumme Kleinigkeiten!
    Zum Exempel, Dein Blick!

Es ging der fromme Herr Kaplan,
Nachdem er bereits viel Gutes gethan,
In stiller Betrachtung der schönen Natur
Einst zur Erholung durch die Flur.
Und als er kam an den Waldessaum,

Da rief der Kuckuck lustig vom Baum:
Wünsch guten Abend, Herr Kollege!
Der Storch dagegen, nicht weit vom Wege,
Steigt in der Wiese auf und ab
Und spricht verdrießlich: Plapperapapp!
Gäb's lauter Pfaffen lobesam,
Ich wäre längst schon flügellahm!

Man sieht, daß selbst der frömmste Mann
Nicht allen Leuten gefallen kann.

Ach, wie geht's dem heilgen Vater,
    Groß und schwer sind seine Lasten,
    Drum, o Joseph, trag den Gulden
    In Sanct Peter's Sammelkasten!

So sprach im Seelentrauerton
    Die Mutter zu dem frommen Sohn.
Der Joseph, nach empfangner Summe,
    Eilt auch sogleich um's Eck herumme,
    Bis er das Thor des Hauses fand,
    Wo eines Bockes Bildniß stand,
    Was man dahin gemalt mit Fleiß
    Zum Zeichen, daß hier Bockverschleiß.
Allhier in einen kühlen Hof
    Setzt sich der Joseph hin und sof;
    Und aß dazu, je nach Bedarf,
    Die gute Wurst, den Radi scharf,
    Bis er, was nicht gar lange währt,
    Sanct Peters Gulden aufgezehrt.
Nun wird's ihm trauriglich zu Sinn
    Und stille singt er vor sich hin:

Ach der Tugend schöne Werke,
    Gerne möcht ich sie erwischen,
Doch ich merke, doch ich merke,
    Immer kommt mir was dazwischen.

Es stand vor eines Hauses Thor

Ein Esel mit gespitztem Ohr,
Der käute sich sein Bündel Heu
Gedankenvoll und still entzwei —
Nun kommen da und bleiben stehn
Der naseweisen Buben zween,
Die auch sogleich, indem sie lachen,
Verhaßte Redensarten machen,
Womit man denn bezwecken wollte,
Daß sich der Esel ärgern sollte. —
Doch dieser hocherfahrne Greis
Beschrieb nur einen halben Kreis,
Verhielt sich stumm und zeigte itzt
Die Seite, wo der Wedel sitzt.

Wer möchte diesen Erdenball
Noch fernerhin betreten,
Wenn wir Bewohner überall
Die Wahrheit sagen thäten.

Ihr hießet uns, wir hießen euch
Spitzbuben und Hallunken,
Wir sagten uns fatales Zeug
Noch eh wir uns betrunken.

Und überall im weiten Land,
Als langbewährtes Mittel,
Entsproßte aus der Menschenhand
Der treue Knotenknittel.

Da lob ich mir die Höflichkeit,
Das zierliche Betrügen.
Du weißt Bescheid, ich weiß Bescheid;
Und Allen macht's Vergnügen.

Ich wußte, sie ist in der Küchen,
Ich bin ihr leise nachgeschlichen.
Ich wollt' ihr ew'ge Treue schwören
Und fragen, willst du mir gehören.
Auf einmal aber stutzte ich.

Sie kramte zwischen dem Gewürze;
Dann schnäutzte sie und putzte sich
   Die Nase mit der Schürze.

Die erste alte Tante sprach:
   Wir müssen nun auch dran denken,
Was wir zu ihrem Namenstag
   Dem guten Sophiechen schenken.

Drauf sprach die zweite Tante kühn:
   Ich schlage vor, wir entscheiden
Uns für ein Kleid in Erbsengrün,
   Das mag Sophiechen nicht leiden.

Der dritten Tante war das recht:
   Ja, sprach sie, mit gelben Ranken!
Ich weiß, sie ärgert sich nicht schlecht
   Und muß sich auch noch bedanken.

Da kommt mir eben so ein Freund
   Mit einem großen Zwicker.
Ei, ruft er, Freundchen, wie mir scheint,
   Sie werden immer dicker.

Ja ja, man weiß oft selbst nicht wie,
   So kommt man in die Jahre;
Pardon, mein Schatz, hier haben Sie
   Schon eins, zwei graue Haare! —

Hinaus, verdammter Kritikus,
   Sonst schmeiß ich dich in Scherben.
Du Schlingel willst mir den Genuß
   Der Gegenwart verderben!

Der alte Förster Püsterich
   Der ging nach langer Pause
Mal wieder auf den Schnepfenstrich
   Und brachte auch eine nach Hause.

Als er sie nun gebraten hätt,
    Da thät ihn was verdreußen;
Das Thierlein roch wie sonst so nett,
    Nur konnt er's nicht recht mehr beißen.

Ach ja! so seufzt er wehgemuth
    Und wischt sich ab die Thräne,
Die Nase wär so weit noch gut,
    Nur blos, es fehlen die Zähne.

Kinder, lasset uns besingen,
Aber ohne allen Neid,
Onkel Kaspers rothe Nase,
Die uns schon so oft erfreut.

Einst ward sie als zarte Pflanze
Ihm von der Natur geschenkt;
Fleißig hat er sie begossen,
Sie mit Wein und Schnaps getränkt.

Bald bemerkte er mit Freuden,
Daß die junge Knospe schwoll,
Bis es eine Rose wurde,
Dunkelroth und wundervoll.

Alle Rosen haben Dornen,
Diese Rose hat sie nicht,
Hat nur so ein Büschel Haare,
Welches keinen Menschen sticht.

Ihrem Kelch entströmen süße
Wohlgerüche, mit Verlaub:
Aus der wohlbekannten Dose
Schöpft sie ihren Blüthenstaub.

Oft an einem frischen Morgen
Zeigt sie uns ein duftig Blau,
Und an ihrem Herzensblatte
Blinkt ein Tröpflein Perlenthau.

Wenn die andern Blumen welken,
Wenn's im Winter rauh und kalt,
Dann hat diese Wunderrose
Erst die rechte Wohlgestalt.

Drum zu ihrem Preis und Ruhme
Singen wir dies schöne Lied.
Vivat Onkel Kaspers Nase,
Die zu allen Zeiten blüht!

Früher, da ich unerfahren
Und bescheidner war als heute,
Hatten meine höchste Achtung
Andre Leute.

Später traf ich auf der Weide
Außer mir noch mehre Kälber,
Und nun schätz ich, so zu sagen,
Erst mich selber.

Es saß in meiner Knabenzeit
    Ein Fräulein jung und frisch
Im ausgeschnittnen grünen Kleid
    Mir *vis-à-vis* bei Tisch.

Und wie's denn so mit Kindern geht,
    Sehr frömmig sind sie nie,
Ach, dacht ich oft beim Tischgebet,
    Wie schön ist doch Marie!

Die Tante winkt, die Tante lacht:
    He, Fritz, komm mal herein!
    Sieh, welch ein hübsches Brüderlein
    Der gute Storch in letzter Nacht
    Ganz heimlich der Mamma gebracht.
    Ei ja, das wird dich freun!
Der Fritz der sagte kurz und grob:
    Ich hol 'n dicken Stein

Und schmeiß ihn an den Kopp!

Es sprach der Fritz zu dem Papa:
    Was sie nur wieder hat?
Noch gestern sagte mir Mamma:
    Du fährst mit in die Stadt.

Ich hatte mich schon so gefreut
    Und war so voll Pläsir.
Nun soll ich doch nicht mit, denn heut
    Da heißt es: Fritz bleibt hier!

Der Vater saß im Sorgensitz.
    Er sagte ernst und still:
Trau Langhals nicht, mein lieber Fritz,
    Der hustet, wann er will!

Was soll ich nur von eurer Liebe glauben?
Was kriecht ihr immer so in dunkle Lauben?
Wozu das ewge Flüstern und Gemunkel?
Das scheinen höchst verdächtige Geschichten.
Und selbst die besten ehelichen Pflichten,
Von allem Thun die schönste Thätigkeit,
In Tempeln von des Priesters Hand geweiht,
Ihr hüllt sie in ein schuldbewußtes Dunkel.

Du willst sie nie und nie mehr wiedersehen?
Besinne dich, mein Herz, noch ist es Zeit.
Sie war so lieb. Verzeih, was auch geschehen.
Sonst nimmt dich wohl beim Wort die Ewigkeit
Und zwingt dich mit Gewalt zum Weitergehen
In's öde Reich der Allvergessenheit.
Du rufst und rufst; vergebens sind die Worte;
In's feste Schloß dumpfdröhnend schlägt die
Pforte.

Ich hab in einem alten Buch gelesen
    Von einem Jüngling, welcher schlimm

gewesen.

    Er streut sein Hab und Gut in alle Winde.

    Von Lust zu Lüsten und von Sünd zu
Sünde,

    In tollem Drang, in schrankenlosem
Streben

    Spornt er sein Roß hinein in's wilde Leben,

    Bis ihn ein jäher Sturz vom Felsenrand

    Dahingestreckt in Sand und Sonnenbrand,

    Daß Ströme Bluts aus seinem Munde
dringen

    Und jede Hoffnung fast erloschen ist.

Ich aber hoffe — sagt hier der Chronist —

    Die Gnade leiht dem Jüngling ihre
Schwingen.

Im selben Buche hab ich auch gelesen

    Von einem Manne, der honett gewesen.

    Es war ein Mann, den die Gemeinde ehrte,

    Der so von sechs bis acht sein Schöppchen
leerte,

    Der aus Princip nie Einem etwas borgte,

    Der emsig nur für Frau und Kinder sorgte;

    Dazu ein proprer Mann, der nie geflucht,

    Der seine Kirche musterhaft besucht.

    Kurzum, er hielt sein Röss'lein stramm im
Zügel

    Und war, wie man so sagt, ein guter Christ.

Ich fürchte nur — bemerkt hier der Chronist —

    Dem Biedermanne wachsen keine Flügel.

Zwischen diesen zwei gescheidten

    Mädchen, Anna und Dorette,

Ist zu allen Tageszeiten

    Doch ein ewiges Gekrette.

Noch dazu um Kleinigkeiten —

    Gestern gingen sie zu Bette,

Und sie fingen an zu streiten,

    Wer die dicksten Waden hätte.

Es flog einmal ein muntres Fliegel
    Zu einem vollen Honigtiegel.
    Da tunkt es mit Zufriedenheit
    Den Rüssel in die Süßigkeit.
    Nachdem es dann genug geschleckt,
    Hat es die Flüglein ausgereckt
    Und möchte sich nach oben schwingen.
    Allein das Bein im Honigseim
    Sitzt fest als wie in Vogelleim.
    Nun fängt das Fliegel an zu singen:
    Ach lieber Himmel, mach mich frei
    Aus dieser süßen Sklaverei.

Ein Freund von mir, der dieses sah,
Der seufzte tief und rief: Ja ja!

Die Liebe war nicht geringe.
    Sie wurden ordentlich blaß;
Sie sagten sich tausend Dinge
    Und wußten noch immer was.

Sie mußten sich lange quälen,
    Doch schließlich kam's dazu,
Daß sie sich konnten vermählen.
    Jetzt haben die Seelen Ruh.

Bei eines Strumpfes Bereitung
    Sitzt sie im Morgenhabit;
Er liest in der Kölnischen Zeitung
    Und theilt ihr das Nöthige mit.

Selig sind die Auserwählten,
    Die sich liebten und vermählten;
    Denn sie tragen hübsche Früchte.
    Und so wuchert die Geschichte
Sichtbarlich von Ort zu Ort.
    Doch die braven Junggesellen,
    Jungfern ohne Ehestellen,

Welche ohne Leibeserben
So als Blattgewächse sterben,
Pflanzen sich durch Knollen fort.

Es saß ein Fuchs im Walde tief.
Da schrieb ihm der Bauer einen Brief:
So und so, und er sollte nur kommen,
's wär alles verziehn, was übel genommen.
Der Hahn, die Hühner und Gänse ließen
Ihn alle zusammen auch vielmals grüßen.
Und wann ihn denn erwarten sollte
Sein guter, treuer Krischan Bolte.
Drauf schrieb der Fuchs mit Gänseblut:
Kann nicht gut.
Meine Alte mal wieder
Gekommen nieder!
Im Uebrigen von ganzer Seele
Dein Fuchs in der Höhle.

Gott ja, was gibt es doch für Narren!
Ein Bauer schneidet sich 'n Knarren
Vom trocknen Brod und kaut und kaut.
Dabei hat er hinaufgeschaut
Nach einer Wurst, die still und heiter
Im Rauche schwebt, dicht bei der Leiter.
Er denkt mit heimlichem Vergnügen:
Wenn ick man woll, ick könn di kriegen!

Sie stritten sich beim Wein herum,
Was das nun wieder wäre;
Das mit dem Darwin wär gar zu dumm
Und wider die menschliche Ehre.

Sie tranken manchen Humpen aus,
Sie stolperten aus den Thüren,
Sie grunzten vernehmlich und kamen zu Haus
Gekrochen auf allen Vieren.

Ach, ich fühl es! Keine Tugend
Ist so recht nach meinem Sinn;
Stets befind ich mich am wohlsten,

Wenn ich damit fertig bin.

Dahingegen so ein Laster,
    Ja, das macht mir viel Pläsir;
Und ich hab die hübschen Sachen
    Lieber vor als hinter mir.

Das Bild des Manns in nackter Jugendkraft,
So stolz in Ruhe und bewegt so edel,
Wohl ist's ein Anblick, der Bewundrung schafft;
Drum Licht herbei! Und merke dir's, o Schädel!

Jedoch ein Weib, ein unverhülltes Weib —
Da wird dir's doch ganz anders, alter Junge.
Bewundrung zieht sich durch den ganzen Leib
Und greift mit Wonneschreck an Herz und
Lunge.

Und plötzlich jagt das losgelassne Blut
Durch alle Gassen, wie der Feuerreiter.
Der ganze Kerl ist Eine helle Gluth;
Er sieht nichts mehr und tappt nur noch so
weiter.

Ich sah dich gern im Sonnenschein,
    Wenn laut die Vöglein sangen,
Wenn durch die Wangen und Lippen dein
    Rosig die Strahlen drangen.

Ich sah dich auch gern im Mondenlicht
    Beim Dufte der Jasminen,
Wenn mir dein freundlich Angesicht
    So silberbleich erschienen.

Doch, Mädchen, gern hätt ich dich auch,
    Wenn ich dich gar nicht sähe,
Und fühlte nur deines Mundes Hauch
    In himmlisch warmer Nähe.

Wenn ich dereinst ganz alt und schwach,
Und 's ist mal ein milder Sommertag,
So hink ich wohl aus dem kleinen Haus
Bis unter den Lindenbaum hinaus.
Da setz ich mich denn im Sonnenschein
Einsam und still auf die Bank von Stein,
Denk an vergangene Zeiten zurücke
Und schreibe mit meiner alten Krücke
Und mit der alten zitternden Hand

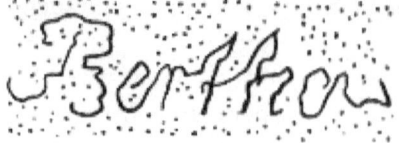

So vor mir in den Sand.

Ich weiß noch, wie er in der Juppe
    Als rauhbehaarte Bärenpuppe
    Vor seinem vollen Humpen saß
    Und hoch und heilig sich vermaß,
    Nichts ginge über rechten Durst,
    Und Lieb und Ehr wär gänzlich Wurst.
Darauf verging nicht lange Zeit,
    Da sah ich ihn voll Seligkeit,
    Gar schön gebürstet und gekämmt,
    Im neuen Frack und reinen Hemd,
    Aus Sanct Micheli Kirche kommen,
    Allwo er sich ein Weib genommen.
Nun ist auch wohl, so wie mir scheint,
    Die Zeit nicht ferne, wo er meint,
    Daß so ein kleines Endchen Ehr
    Im Knopfloch gar nicht übel wär.

Sahst du das wunderbare Bild von Brouwer?
    Es zieht dich an wie ein Magnet.
Du lächelst wohl, derweil ein
Schreckensschauer

Durch deine Wirbelsäule geht.

Ein kühler Doctor öffnet einem Manne
    Die Schwäre hinten im Genick;
Daneben steht ein Weib mit einer Kanne,
    Vertieft in dieses Mißgeschick.

Ja, alter Freund, wir haben unsre Schwäre
    Meist hinten. Und voll Seelenruh
Drückt sie ein andrer auf. Es rinnt die Zähre
    Und fremde Leute sehen zu.

Sie hat nichts und du desgleichen;
    Dennoch wollt ihr, wie ich sehe,
    Zu dem Bund der heil'gen Ehe
Euch bereits die Hände reichen.

Kinder, seid ihr denn bei Sinnen?
    Ueberlegt euch das Kapitel!
    Ohne die gehör'gen Mittel
Soll man keinen Krieg beginnen.

Denkst du dieses alte Spiel
    Immer wieder aufzuführen?
Willst du denn mein Mitgefühl
    Stets durch Thränen ausprobiren?

Oder möchtest du vielleicht
    Mir des Tanzes Lust versalzen?
Früher hast du's oft erreicht;
    Heute werd' ich weiter walzen.

Der alte Junge ist gottlob
    Noch immer äußerst rührig:
Er läßt nicht nach, er thut als ob,
    Wenn schon die Sache schwierig.

Wie wonnig trägt er Bart und Haar,

Wie blinkt der enge Stiefel.
Und bei den Damen ist er gar
    Ein rechter böser Schliefel.

Beschließt er dann des Tages Lauf,
    So darf er sich verpusten,
Setzt seine Zipfelkappe auf
    Und muß ganz schrecklich husten.

Also hat es dir gefallen
    Hier in dieser schönen Welt;
So daß das Vondannenwallen
    Dir nicht sonderlich gefällt.

Laß dich das doch nicht verdrießen.
    Wenn du wirklich willst und meinst,
Wirst du wieder aufersprießen;
    Nur nicht ganz genau wie einst.

Aber, Alter, das bedenke,
    Daß es hier doch manches gibt,
Zum Exempel Gicht und Ränke,
    Was im Ganzen unbeliebt.

Du warst noch so ein kleines Mädchen
    Von acht, neun Jahren ungefähr,
Da fragtest du mich vertraut und wichtig:
    Wo kommen die kleinen Kinder her?

Als ich nach Jahren dich besuchte,
    Da warst du schon über den Fall belehrt,
Du hattest die alte vertrauliche Frage
    Hübsch praktisch gelöst und aufgeklärt.

Und wieder ist die Zeit vergangen.
    Hohl ist der Zahn und ernst der Sinn.
Nun kommt die zweite wichtige Frage:
    Wo gehen die alten Leute hin?

Madam, ich habe mal vernommen,
    Ich weiß nicht mehr so recht von wem:
Die praktische Lösung dieser Frage
    Sei eigentlich recht unbequem.

Er war ein grundgescheiter Mann,
    Sehr weise und hoch erfahren;
Er trug ein graumelirtes Haar,
    Dieweil er schon ziemlich bei Jahren.

Er war ein abgesagter Feind
    Des Lachens und des Scherzens
Und war doch der größte Narr am Hof
    Der Königin seines Herzens.

Hoch verehr ich ohne Frage
Dieses gute Frauenzimmer.
Seit dem segensreichen Tage,
Da ich sie zuerst erblickt,
Hat mich immer hoch entzückt
Ihre rosenfrische Jugend,
Ihre Sittsamkeit und Tugend
Und die herrlichen Talente.
Aber dennoch denk ich immer,
Daß es auch nicht schaden könnte,
Wäre sie ein Bissel schlimmer.

Es hatt' ein Müller eine Mühl
    An einem Wasser kühle;
Da kamen hübscher Mädchen viel
    Zu mahlen in der Mühle.

Ein armes Mädel war darunt,
    Zählt sechzehn Jahre eben;
Allwo es ging, allwo es stund,
    Der Müller stund daneben.

Er schenkt ein Ringlein ihr von Gold,

Daß er in allen Ehren
Sie ewig immer lieben wollt;
    Da ließ sie sich bethören.

Der Müller, er war falsch von Sinn:
    »Wenn ich mich thu vermählen,
So will ich mir als Müllerin
    Wohl eine Reiche wählen.«

Da 's arme Mädel das vernahm,
    Wird's blaß und immer blasser
Und redt nit mehr und ging und kam
    Und sprang in's tiefe Wasser. —

Der Müller kümmert sich nicht viel,
    Thät Hochzeitleut bestellen
Und führt mit Sang und Saitenspiel
    'ne Andre zur Kapellen.

Doch als man auf die Brücke kam,
    Fängts Wasser an zu wogen
Und zischt und rauscht verwundersam
    Herauf bis an den Bogen.

Die weiße Wassernixe stand
    Auf schaumgekrönter Welle;
Sie hält in ihrer weißen Hand
    Von Gold ein Ringlein helle.

Du Falscher, deine Zeit ist aus!
    Bereite dich geschwinde!
Dich ruft hinab in's kalte Haus
    Die Mutter mit dem Kinde.

Wärst du ein Bächlein, ich ein Bach,
    So eilt ich dir geschwinde nach.
    Und wenn ich dich gefunden hätt'
    In deinem Blumenuferbett:
Wie wollt ich mich in dich ergießen

Und ganz mit dir zusammenfließen,
    Du vielgeliebtes Mädchen du!
Dann strömten wir bei Nacht und Tage
Vereint in süßem Wellenschlage
    Dem Meere zu.

Mein kleinster Fehler ist der Neid.
    Aufrichtigkeit, Bescheidenheit,
    Dienstfertigkeit und Frömmigkeit,
    Obschon es herrlich schöne Gaben,
    Die gönn' ich Allen, die sie haben.
Nur wenn ich sehe, daß der Schlechte
    Das kriegt, was ich gern selber möchte;
    Nur wenn ich leider in der Nähe
    So viele böse Menschen sehe,
    Und wenn ich dann so oft bemerke,
    Wie sie durch sittenlose Werke
    Den lasterhaften Leib ergötzen,
    Das freilich thut mich tief verletzen.
Sonst, wie gesagt, bin ich hienieden
Gottlobunddank so recht zufrieden.

Strebst du nach des Himmels Freude
    Und du weißt's nicht anzufassen,
Sieh nur, was die andern Leute
    Mit Vergnügen liegen lassen.

Dicke Steine, altes Eisen
    Und mit Sand gefüllte Säcke
Sind den Meisten, welche reisen,
    Ein entbehrliches Gepäcke.

Laß sie laufen, laß sie rennen;
    Nimm, was bleibt, zu deinem Theile.
Nur, was sie dir herzlich gönnen,
    Dient zu deinem ew'gen Heile.

Wenn mir mal ein Malheur passirt,
    Ich weiß, so bist du sehr gerührt,

Du denkst, es wäre doch fatal,
Passirte dir das auch einmal.
Doch weil das böse Schmerzensding
Zum Glück an dir vorüber ging,
So ist die Sache anderseits
Für dich nicht ohne allen Reiz.
Du merkst, daß die Bedaurerei
So eine Art von Wonne sei.

Als er noch krause Locken trug,
    War alles ihm zu dumm,
Stolzirt daher und trank und schlug
    Sich mit den Leuten herum.

Die hübschen Weiber schienen ihm
    Ein recht beliebtes Spiel;
An Seraphim und Cherubim
    Glaubt er nicht sonderlich viel.

Jetzt glaubt er, was der Pater glaubt,
    Blickt nur noch niederwärts,
Hat etwas Haar am Hinterhaupt
    Und ein verprömmeltes Herz.

Gestern war in meiner Mütze
    Mir mal wieder was nicht recht;
Die Natur schien mir nichts nütze
    Und der Mensch erbärmlich schlecht.

Meine Ehgemahlin hab ich
    Ganz gehörig angeplärrt,
Drauf aus purem Zorn begab ich
    Mich in's Symphoniekonzert.

Doch auch dies war nicht so labend,
    Wie ich eigentlich gedacht,
Weil man da den ganzen Abend
    Wieder mal Musik gemacht.

Gerne wollt ihr Gutes gönnen
    Unserm Goethe, unserm Schiller,
    Nur nicht Meier oder Müller,
Die noch selber lieben können.

Denn durch eure Männerleiber
    Geht ein Concurrenzgetriebe;
    Sei es Ehre, sei es Liebe;
Doch dahinter stecken Weiber.

Wie schad, daß ich kein Pfaffe bin.
    Das wäre so mein Fach.
Ich bummelte durch's Leben hin
    Und dächt' nicht weiter nach.

Mich plagte nicht des Grübelns Qual,
    Der dumme Seelenzwist,
Ich wüßte ein für allemal,
    Was an der Sache ist.

Und weil mich denn kein Teufel stört,
    So schlief ich recht gesund,
Und wohlgenährt und hochverehrt
    Und würde kugelrund.

Käm dann die böse Fastenzeit,
    So wär ich fest dabei,
Bis ich mich elend abkasteit
    Mit Lachs und Hühnerei.

Und dich, du süßes Mägdelein,
    Das gern zur Beichte geht,
Dich nähm ich dann so ganz allein
    Gehörig in's Gebet.

Sie war ein Blümlein hübsch und fein,
    Hell aufgeblüht im Sonnenschein.

Er war ein junger Schmetterling,
Der selig an der Blume hing.
Oft kam ein Bienlein mit Gebrumm
Und nascht und säuselt da herum.
Oft kroch ein Käfer kribbelkrab
Am hübschen Blümlein auf und ab.
Ach Gott, wie das dem Schmetterling
So schmerzlich durch die Seele ging.
Doch was am meisten ihn entsetzt,
Das Allerschlimmste kam zuletzt.
Ein alter Esel fraß die ganze
Von ihm so heiß geliebte Pflanze.

Ich saß vergnüglich bei dem Wein
Und schenkte eben wieder ein.
Auf einmal fuhr mir in die Zeh
Ein sonderbar pikantes Weh.
Ich schob mein Glas sogleich beiseit
Und hinkte in die Einsamkeit
Und wußte, was ich nicht gewußt;
Der Schmerz ist Herr und Sklavin ist die Lust.

Wärst du wirklich so ein rechter
Und wahrhaftiger Asket,
So ein Welt- und Kostverächter,
Der bis an die Wurzel geht;

Dem des Goldes freundlich Blinken,
Dem die Liebe eine Last,
Der das Essen und das Trinken,
Der des Ruhmes Kränze haßt.

Das Gekratze und Gejucke,
Aller Jammer hörte auf;
Kracks! mit einem einz'gen Rucke
Hemmtest du den Weltenlauf.

Du hast das schöne Paradies verlassen,
Tratst ein in dieses Labyrinthes Gassen,

Verlockt von lieblich winkenden Gestalten,
Die Schale dir und Kranz entgegenhalten;
Und unaufhaltsam ziehts dich weit und
weiter.
Wohl ist ein leises Ahnen dein Begleiter,
Ein heimlich Graun, daß diese süßen
Freuden
Dich Schritt um Schritt von deiner Heimat
scheiden,
Daß Irren Sünde, Heimweh dein Gewissen;
Doch ach umsonst! Der Faden ist zerrissen.
Hohläugig faßt der Schmerz dich an und
warnt,
Du willst zurück, die Seele ist umgarnt.
Vergebens steht ob deinem Haupt der Stern.
Einsam, gefangen, von der Heimath fern,
Ein Sklave, starrst du in des Stromes Lauf
Und hängst an Weiden deine Harfe auf.
Nun fährst du wohl empor, wenn so zu Zeiten
Im stillen Mondeslichte durch die Saiten
Ein leises wehmutsvolles Klagen geht
Von einem Hauch, der aus der Heimath
weht.

Seid mir nur nicht gar zu traurig,
Daß die schöne Zeit entflieht,
Daß die Welle kühl und schaurig
Uns in ihre Wirbel zieht;

Daß des Herzens süße Regung,
Daß der Liebe Hochgenuß,
Jene himmlische Bewegung,
Sich zur Ruh begeben muß.

Laßt uns lieben, singen, trinken,
Und wir pfeifen auf die Zeit;
Selbst ein leises Augenwinken
Zuckt durch alle Ewigkeit.

Nun, da die Frühlingsblumen wieder blühen,
    In milder Luft die weißen Wolken ziehen,
    Denk ich mit Wehmuth deiner Lieb und
Güte,
    Du süßes Mädchen, das so früh verblühte.
Du liebtest nicht der Feste Lärm und Gaffen,
    Erwähltest dir daheim ein stilles Schaffen,
    Die Sorge und Geduld, das Dienen, Geben,
    Ein innigliches Nurfürandreleben.
    So theiltest du in deines Vaters Haus
    Den Himmelsfrieden deiner Seele aus.
Bald aber kamen schwere, schwere Zeiten.
    Wir mußten dir die Lagerstatt bereiten;
    Wir sahn, wie deine lieben Wangen
bleichten,
    Sahn deiner Augen wundersames
Leuchten;
    Wir weinten in der Stille, denn wir wußten,
    Daß wir nun bald auf ewig scheiden
mußten.
Du klagtest nicht. Voll Milde und Erbarmen
    Gedachtest du der bittern Noth der Armen,
    Gabst ihnen deine ganze kleine Habe
    Und seufztest tief, daß so gering die Gabe.
Es war die letzte Nacht und nah das Ende;
    Wir küßten dir die zarten weißen Hände;
    Du sprachst, lebt wohl, in deiner stillen
Weise,
    Und: oh, die schönen Blumen! riefst du
leise.
Dann war's vorbei. Die großen Augensterne,
    Weit, unbeweglich, starrten in die Ferne,
    Indeß um deine Lippen, halbgeschlossen,
    Ein kindlichernstes Lächeln ausgegossen.
    So lagst du da, als hättest du entzückt
    Und staunend eine neue Welt erblickt.
Wo bist du nun, du süßes Kind, geblieben?
    Bist du ein Bild im Denken deiner Lieben?
    Hast du die weißen Schwingen
ausgebreitet,

Und zogst hinauf von Engelshand geleitet
Zu jener Gottesstadt im Paradiese,
Wo auf der heiligstillen Blüthenwiese
Fernher in feierlichem Zug die Frommen
Anbetend zu dem Bild des Lammes
kommen?
Wo du auch seist; im Herzen bleibst du mein.
Was Gutes in mir lebt, dein ist's allein.

Ich weiß ein Märchen hübsch und tief.
Ein Hirtenknabe lag und schlief.
Da sprang heraus aus seinem Mund
Ein Mäuslein auf den Haidegrund.
Das weiße Mäuslein lief sogleich
Nach einem Pferdeschädel bleich,
Der da schon manchen lieben Tag
In Sonnenschein und Regen lag.
Husch! ist das kleine Mäuslein drin,
Läuft hin und her und her und hin,
Besieht sich all die leeren Fächer,
Schaut listig durch die Augenlöcher,
Und raschelt so die Kreuz und Quer
Im alten Pferdekopf umher. —
Auf einmal kommt 'ne alte Kuh,
Stellt sich da hin und macht Hamuh!
Das Mäuslein, welches sehr erschreckt,
Daß da auf einmal wer so blöckt,
Springt, hutschi, übern Haidegrund
Und wieder in des Knaben Mund. —
Der Knab erwacht und seufzte: Oh,
Wie war ich doch im Traum so froh!
Ich ging in einen Wald hinaus,
Da kam ich vor ein hohes Haus,
Das war ein Schloß von Marmelstein.
Ich ging in dieses Schloß hinein.
Im Schloß sah ich ein Mädchen stehn,
Das war Prinzessin Wunderschön.
Sie lächelt freundlich und bekannt,
Sie reicht mir ihre weiße Hand,
Sie spricht: »Schau her, ich habe Geld,
Und mir gehört die halbe Welt;

Ich liebe dich nur ganz allein,
Du sollst mein Herr und König sein.«
Und wie ich fall' in ihren Schooß,
Ratuh! kommt ein Trompetenstoß.
Und weg ist Liebchen, Schloß und Alles
In Folge des Trompetenschalles.

O du, die mir die Liebste war,
Du schläfst nun schon so manches Jahr.
So manches Jahr, da ich allein,
Du gutes Herz, gedenk ich dein.
Gedenk ich dein, von Nacht umhüllt,
So tritt zu mir dein treues Bild.
Dein treues Bild, was ich auch thu,
Es winkt mir ab, es winkt mir zu.
Und scheint mein Wort dir gar zu kühn,
Nicht gut mein Thun,
Du hast mir einst so oft verziehn,
Verzeih auch nun.

www.ingramcontent.com/pod-product-compliance
Lightning Source LLC
Chambersburg PA
CBHW030915260626
47169CB00008B/2857